한국 희곡 명작선 105

목마, 숙녀 그리고 아포롱

김민정

평민사

김권정

목마, 숙녀 그리고 아포롱

등장인물

박인환
버지니아 울프, 마리 : 영국의 여류시인
이상 : 시인
이정숙 : 박인환의 아내
박일영 : 화가
김수영 : 시인
어머니, 나애심(성악가)
아버지, 이진섭(작곡가)

무대

박인환 시인의 의식의 흐름을 따라 이동하는 무대다. 여러 시간과 장소가 기억에 의해 소환되었다가 사라지는 무대이기에 미니멀하고 상징적으로 고안되기를 바란다. 이야기는 박인환 시인이 시를 쓰던 책상과 나무 의자가 놓여있는 창문 앞에서 시작된다. 시인의 작은 책상은 그의 의식을 좇아 1957년 명동의 동방살롱으로 1947년 종로의 마리서사, 태평양 한가운데 흔들리는 대한해운의 선실, 혹은 1953년 부산의 선술집이 되기도 한다.

1.

1956년 초봄 쌀쌀한 기운의 어느 날, 늦은 밤 명동의 거리 모퉁이. 가로등 밑에 한 남자가 러시아식 오버코트를 입은 채로 손에는 조니워커 술병을 들고 흔들거리고 있다. 카페에서 '글루미선데이'가 흘러나온다.

박인환 사랑은 가고 옛날은 남는 것 지금 그 사람 이름은 잊었지만 그 눈동자 입술은 내 가슴에 있네. (술을 한 모금 마시고) 내 가슴에… 이 가슴에… 김해경… 이상. 당신은 나에게 환상과 흥분과 열병과 착각을 알려주고 그 빈사의 구렁에서 우리 문학에게 따뜻한 손을 빌려준 그런 위대한 정신의 황제였어! (술병의 술을 들이켜고) 죽음마저도 시처럼 완성해낸 이상, 붉은 토혈을 남긴 시인의 죽음. 아! 아포롱[1]! 아!… 이상!

아! 진정한 모더니스트! (술을 더 들이켜려다 술병을 놓친다. 갑작스레 가슴을 쥐어뜯으며) 답답해! 아, 가슴이… 답답해… 생명수, 생명수를 다오!… 내게 생명수를…! (움츠린 채 가로등에 기대서서 고개를 숙인다)

---

1) 그리스의 신 아폴론

무대 살며시 어두워지며 가로등 불빛이 박인환에게만 조금 남아
있다.

김수영   자넨 틀렸어.
박인환   뭐라고?
김수영   아니 우리가 모두 틀렸어. 이생은 민낯으로는 견딜 수 없
         는 곳이야.
박인환   (고개를 겨우 들고) 누, 누구? 수영이?
김수영   모던? 모던이라니?… 모던이 무언가? 자네 아직도 그 모
         던의 꿈을 쫓는가?

         김수영, 박인환을 지긋이 바라본다.

박인환   모던… 현대, 새로운 것! 낡고 권위적인 것을 거부하는 모
         든 것. 그게 바로 모던이야. 내가, 우리의 이상, 김해경이
         꿈꾼 이제까지와는 다른 새로운 세상. 그게 바로 모던이
         지. 자네도 꿈꾸지 않았나? 수영이! 수영아!
김수영   그랬었나? 하긴, 아무것도 모르고 꿈만 꾸던 그 시절이 있
         었구만.
박인환   수영이!
김수영   그래. 그 시절이 좋았지. 모던의 향기에 취했던 날들.
박인환   나라를 찾았고, 우리 말을 찾았고, 우리는…, 우리는…,
김수영   한껏 취했었지. 마리서사… 몽마르뜨의 시인들, 그들의 연

인 마리로랑생.

박인환 아, 마리… 마리.

김수영 (절망적인 표정으로) 하지만 우린 실패했어. 넌 실패했어. 인환이… (시니컬하게) 모더니즘은 실패했어.

사이.

박인환 아니야. 아니야!

김수영, 쓸쓸히 사라진다.
박인환, 고개를 떨군다.

박인환 아니야, 아니네. 모더니즘은…, 모더니즘은…

사이.

어머니 인환아! 인환아! 추운데 거기 서서 뭐하고 있누? 우리 장남 감기 들겠다.

박인환 어머니?

어머니 네가 의원이면 어떻고, 시인이면 어떠냐? 네가 어떻든 넌 내 자랑스런 아들인데.

박인환 어머니, 그래도 내가 그때 그냥 도망쳐 나오지 않고 외과 의사가 됐으면 우리 어머니 사는 게 좀 편했을 텐데… 그렇죠?… 정숙이하고 아이들도…

어머니 쓸데없는 소리. 시인은 하늘이 낸다하더라. 의사는 공부 많이 하면 되지만 시인은 그리 되간? 시인은 하늘이 낸디야. 그러니 니가 당할 재간이 있었겠니?

박인환 어머니, 다리… 그 다리 괜찮아요?

어머니 절룩이면 좀 어때? 그 바람에 찬찬히 가며 풍경도 보고 바람도 보고… 좋지.

박인환 바람을 어떻게 본대? 어머니도 참.

어머니 바람은 눈 감고 보는 기다. 눈 요래 감고 온 몸으로 보는 게 바람이야.

박인환 우리 어머니, 시인이네.

어머니 어디? 우리 아들이 시인이지.

어머니가 사라진다.

가로등에 기대 스르르 주저앉아 눈을 감는 박인환.

박인환을 부르는 목소리, 박일영이다.

박일영 인환이, 인환이!

눈을 떠 반기는 박인환.

박인환 오, 우리 초현실주의 화가! 박일영이!

박일영 그거 별거 아니야. 현실이 무참하고 말이 안 되면 초현실주의자가 되는 법이지.

박인환 그… 그런가?

박일영 이상, 자네가 그토록 추앙해 마지않는 이상이 죽기 전 마지막에 뱉은 말이 뭐랬지?

박인환 … 레몬,… 레몬 향기가 맡고 싶소.

박일영 그래 레몬!…, 노란 레몬은… 모던이야. 이 낡은 나라 조선에서 그토록 신맛의 레몬을 사랑한 시인이라. 역시 이상은 모더니스트야. 초현실주의자야! 인환이 그렇지 않은가? 자네도 레몬 향기가 맡고 싶지?

박일영, 사라진다.

박인환 일영이, 일영이!… 나는 그만 못해. 아무렴. 발끝도 못 따라가지… (흉통으로 아파하며) 아 가슴이 찢기는 것 같아. 가슴이!… (숨을 몰아쉬며) 이게 다 무어야? 내가 지금 꿈을 꾸는 것인가?

서늘하게 박인환을 노려보며 완고한 표정의 아버지의 모습 보인다.

아버지 그러기에 내가 평양의전에 가라하지 않던. 이처럼 시대가 격변을 할 때는 펜을 잡을 게 아니라 메스를 잡아야 한다고. 머리가 아프도록 포르말린 냄새를 맡던, 돼지의 내장을 해부하던 니 손에 기술이라는 것을 익혔으면… 그랬으면 좀 더 편치 않았겠느냐? 니 아래로 딸린 동생이 다섯인데 장남이라는 놈이 시가 웬말이고 문학이 웬말이야? 진정 룸펜에 폐병쟁이가 되고 말겠다는 것이냐?

박인환 아버지!··· 아버지. 나는 못해요. 나는 못합니다. 포르말린과 아세틸린의 냄새만 맡아도 머리가 아파 혼절할 듯하고, 선연한 핏빛만 보면 구역질이 나니··· 견딜 수가 있어야지요.

아버지 못난 놈. 이기적인 놈.

박인환 미안합니다··· 미안합니다. 아버지. (흉통을 느끼며) 아아, 생명수··· 생명수를. 몹쓸 흉통이 일어 견딜 수가 없습니다.

아버지 못난 놈.

박인환 미안합니다. 미안해요.

아버지의 모습 사라진다.

혼란스러워하며 몸을 일으키는 박인환 앞에 한 남자가 나타난다. 그는 검은 정장을 입었고 얼굴만 창백하고 파리하게 보여 흡사 죽음의 사자 같다.

이상 박제가 된 천재를 아시오? (박인환을 응시하며 씨익 웃는다)

박인환 당신은? 이상? 김해경?

이상, 미소를 지으며 어둠 속으로 사라진다. 그를 쫓아 일어난 박인환.

박인환   이상, 이상! 그렇게 가지 마시오… 내게 생명수를! 내게!
(흉통을 느껴 괴로워하며) 가지 마! 그렇게 가지 마! 이상! 김
해경이!

안간힘을 써 몸을 일으켜서는 이상을 쫓아 나서려는 박인환.
무대 어두워진다.

2.

밝아지면 박인환이 〈경상도집〉이라는 허름한 명동 거리의 술집 테이블에 엎드려 있다. 박인환이 화들짝 놀라 깨어 일어난다.

박인환　이보, 이상, 이보시요! 이상! (주위를 둘러보고 그제야 정신을 추스른다) 꿈, 꿈인 게로군. (테이블에 놓인 물을 마신다. 갑작스런 흉통을 느낀다) 아!

박일영이 들어와 박인환에게 다가온다.

박일영　인환이, 어디가 불편한가?

박인환　아닐세. 이상한 꿈을 꾼 데다 속이 좀 불편하여. 내가 언제부터 여기서 잠을 잔 건지.

박일영　수영이와 또 한판 논박을 하고 둘이 대취하여 쓰러지지 않았나? 난 수영이를 집까지 데려다 줘야겠네. 지금 밖에 웅크린 채 기다리고 있어. 자네도 집으로 갈 텐가?

박인환　아니, 난 잠시 앉아 있다 가야겠어. 술도 다 깼으니…

박일영　걱정 말아. 이상의 추모문학회는 잘 이루어질 테니. 수영이야 겉으로만 어깃장을 놓는 거지. 내가 반드시 한

몫 거들게 하고 말거니까. 그럼, 3월 17일, 이상의 기일에 보자고.

박인환   그래. 3월 17일. 들어가. 일영이!

박일영   술 걱정도 하지 말고. 조니워커는 아니어도 대폿술이야 어떻게 되지 않겠어? 사는 게 아무리 궁색해도 이상의 기일인데… 아무럼.

박인환   어서 가기나 해.

박일영   자네 얼굴이 요즘 너무 어두워.

박인환   나도 수영이처럼 양계장이라도 할 걸. 그럼 계란이라도 실컷 먹일 텐데.

박일영   수영이 앞에선 그 말 말어. 자네 면상을 한방 먹이려고 들 테니까. 그 친군 아직도 자넬 프란넬셔츠에 조니워커로만 생각해.

박인환   경멸해 마지않는 댄디보이라니. (시니컬하게 웃으며) 김수영이 이 자식, 평생 양계장에나 박혀 있을 썩을 놈! 닭똥 냄새나 풍기면서.

박일영   그 닭똥 냄새 나는 놈 데려다 주러 가야겠어.

박인환   가. 어서! 그날 보세!

박일영, 나서다 돌아서며.

박일영   쳇, 이 멍충이들. 이상은 배가 부르겠네. 이리 젯밥 챙기는 자들이 많으니.

박인환   ㅎㅎㅎㅎ.

박일영이 바삐 문을 나선다.
멍하니 테이블에 앉아 있는 박인환, 그는 상념에 젖는다.

박인환   김수영이, 멋대가리 없는 촌놈… 다른 날도 아니고… 알
량한 돈 몇 푼에… 시인이랍시고 그만한 사치도 못 부리
면 그게 시인이야? 양계장 인부지… 누군 돈이 아깝지 않
다더냐? 나도 전당포에 오버 코트를 맡겨 술을 샀다. 왜?
이상의 기일이니까. 양계장에서 닭똥을 치우며 번 돈으
로 술을 못 퍼먹을 이유가 뭐야? 멋대가리 없는 인사 같으
니… (헛웃음) 제길, 조니워커 한 병이 계란 500알 값이라
니… 이런 우라질!…

박인환이 빈 잔에 술을 따르려는데 술이 없다. 한숨을 지으면 정
숙의 애타는 모습이 보인다.
셋째를 업고 있고 누워있는 둘째의 이마에 물수건을 올려준다.

이정숙   오시는 길에 약방에 가서 약이라도 구해 오셔야 합니다.
의원에는 못가도… 아무리 앓고 지나는 홍역이라지만 잘
못하면 여자애 얼굴이 곰보라도 되면…

박인환   무식한 소리, 천연두가 곰보가 되는 병이고, 홍역은 그리
안 된대도.

이정숙 당신이 해운회사만 그만두지 않았어도… 당신이 신문사에만 취직을 했어도… 영화평론은 누가 본다고 쓴대요? 누가 이 시절에 영화를 보고, 평론을 본다구요?

박인환 정숙이! 너 왜 이렇게 변했니? 넌 마리, 마리였어.

이정숙 사는 게 변하게 만들지요… 배곯는 이 삶과 열에 들뜬 아이의 이마가 저를 변하게 만듭니다… 약방에나 꼭 들러 오세요. 꼭이요.

정숙의 모습 사라진다.

박인환 홍역은 지나간다. 아이야, 미안하구나. 시인은 천형을 받은 죄인이라더니 이 무력한 아비가 네 아픈 것도 모르고 술잔만 내내 비웠구나. 술잔에 시구 몇 줄 적었기로 면죄부가 될 것도 아닌데…

의자에서 일어나려는데 휘청, 힘이 빠져 다시 자리에 앉는 박인환. 그의 앞에 여류시인 버지니아 울프가 앉아 있다.

박인환 누구?

울프 진실을 말해요.

박인환 버지니아 울프?

울프 여자든 혹은 시인이든 글을 쓰려는 자는 자기만의 방을 가져야 해요.

박인환 (시니컬하게) 그리고 돈도.

울프 (씽긋 웃으며) 맞아요. 돈도. 특히 여자가 글을 쓰려면.

박인환 당신은 울프라는 이름을 준 후원자이자 남편을 얻었잖아?

울프 그랬죠. 그는 나를 아내로 대했지 성적 대상으로 대하지 않았어요.

박인환 영국이니까 가능한 일. 이 땅에선 페미니즘도 모더니즘도 다 불가한 도시라오.

울프 그런 도시는 없어요. 당신은 진실만을 말하면 됩니다.

박인환 진실이라니 무슨 진실?

울프 당신이 목격한 세상, 그 세상의 사람들. 당신의 시에 담긴 사상! 당신이 진실을 말하지 않는다면 단 한 사람에게도 감동을 줄 수 없어요.

박인환 진실? 어떤 진실? 내가 본 건 전쟁 뿐. 사람의 목숨이 가을 바람에 떨어지는 은행잎보다 흔하게 떨어졌어.

울프 거기에 인간이 있었습니다. 거기에 페미니즘이, 거기에 모더니즘이 있었어요.

박인환 우린 기아에 시달리는 폐허 속에 뒹굴었어. 그게 전쟁이었어. 서로를 죽고 죽이는 데는 인정도 온정도 없었어. 이런 세상에 시, 시라니? 가증스러워. 떠먹을 한 그릇의 밥도 국도 없는데, 그 빈 그릇에 시를 부어 마실까?

울프 그 처절함을 썼어야지. 그 비열함을 노래했어야지. 어디로 도망치려고? 그 모든 죽음들을 노래했어야지.

울프, 화가 난 듯 의자에서 일어선다.

박인환   어디로 가는 거요? 숙녀는?··· 목마는···?

또각또각 구두 소리를 내며 울프가 나간다.
홀로 남은 박인환.

박인환   노래?··· 노래? 이 시대는 노래가 나오지 않는 시대인데···
검은 준열의 시대인데··· 노래?··· 노래라니··· (생각에 잠겨)
그때 우린 무슨 꿈을 꾼 걸까? 마리··· 아, 마리!

클래식 음악이 흐르면, 박인환이 앉아 있는 책상을 그대로 두고
무대가 1947년 마리서사가 된다.

3.

딸랑 거리는 벨 소리가 들리며 박일영과 김수영이 기쁨에 넘쳐
문을 열고 들어온다.

박일영 여, 인환이! 내가 오늘 뭘 가져왔는지 맞춰 볼 수 있겠나?

박인환 (어리둥절하여) 어, 일영이 자네 아까 수영이를 바래다준다
고 하지 않았나?

김수영 무슨 헛소리야? 누가 누구를 바래다준다는 거야? 내가 집
칸도 못 찾아 갈까봐. 나를 아주 무지랭이 촌놈으로 알지?

그제야 주위를 둘러보는 박인환,

박인환 마리… 서사?

박일영 그래. 마리서사. 이름은 아주 멜랑꼴리하게 잘 지었단 말
이지.

김수영 마리로랑생의 마리라지? 여자이름을 딴 책방이라 과연 명
동백작 박인환이답고만. 그래, 마리는 어디 숨겨놨어?

사이.

박인환 해방, 그래 해방이었어. 해방된 조국에서 내 나라 말과 글을 쓸 수 있는 그 감격, 그때 우린 무엇이든 할 수 있다고 생각했는데…

사이.

박일영 해방이 조금만 늦었어도 인환이는 외과의사가 되었을 텐데. 해방 덕분에 평양의전 중퇴라는 그럴싸한 학력을 갖게 되었단 말이지.

김수영 진심으로 충고하는 말인데 지금이라도 늦지 않았네. 내가 자네의 시심을 보건대, 외과의사의 메스가 썩 잘 어울려. 시인으로는 영 신통치 않아.

박인환 뭐라고 이 촌놈이, 말이면 다 말인 줄 알아?

김수영 자네가 메스를 잡는다면 내가 맹장이라도 떼어 달라 맡길 것을. 이거 안타까워 그러지.

세 사람의 왁자한 웃음.

박인환 (흥분하여) 우리 말, 우리 글, 우리 문학, 우리의 시를 쓸 수 있는 세상이 됐는데 내가 왜? 난 더 이상 포르말린과 아세틸렌 냄새를 맡고 싶지 않아!

김수영 아쉽고만 아쉬워. 이제 맹장이 터지면 누구한테 간단 말인가? 포르말린과 아세틸린 냄새가 역겹기는 해도 배는

불려 줄 것인데… 자넨 어쩔 수 없는 불효자야.

박일영 수영이, 그만 좀 놀려먹게.

박인환 (수영을 얼싸 안으며) 난 아세틸렌 냄새와는 인연이 없는 사람이야. 돌팔이가 됐을 게 분명해. 허나 아무리 돌팔이라도 맹장 하난 떼어낼 수 있거든. 어디 오늘 수영이 맹장 좀 떼어 볼까?

김수영 사양함세. 돌팔이한테 시인의 몸을 어찌 맡길까?

박인환 옳거니, 니가 시인의 몸이었구나. (웃으면서 수영에게서 떨어진다) 수영이, 일영이, 우린 모두 이 시대의 예술가야. 예술가는 메스가 아니라 펜이나 붓을 들어야지. 내 나라 말을 되찾았는데… 난 돼지 창자를 해부하듯 마리서사를 만들었네. 우리 글과 말이 넘치는 곳 마리서사! 자, 우리 저 구라파의 불란서에 있는 몽마르뜨의 시인들처럼 이 마리서사에서 문학의 꽃을 만개시켜 보자고.

김수영 이 허풍선이! 자넨 해방이 바로 엊그제 일어난 일같이 들떠있군. 환호는 진즉에 사라졌고 이 땅은 카오스야. 공산주의니 민주주의니, 소련이니 미국이니… 혼돈의 시대라고.

박인환 자넨 너무 비관적이야. 긍정적으로 좀 세계를 바라보라고. 우린 젊고 새로운 시대를 만났어. 뭐가 두려운가?… 그래서 말인데 우리 시집을 엮어 보세.

김수영 시집?

박인환 그래. 표지는 우리 초현실주의 화가, 조선의 살바도르 달리 박일영 화백에게 맡기고 모더니즘의 기수들을 모아 시집을 엮자는 말이야.

김수영   (눈이 반짝인다) 모더니즘 시집?

박인환   제목은 '새로운 도시와 시민들의 합창'으로 하는 거야. 어떤가?

박일영   하였든 불도저 같은 저 추진력은 아무도 못 따라 간다니까.

박인환   못할 것이 뭐야? 이제 고등계 형사도 물러가고 내 나라와 내 글이 있는데, 자, 우리 미래를 위해 축배를 드세!

박인환이 일영이 가져온 술 조니워커를 세 개의 잔에 따른다.

박인환   우리의 첫 모더니즘 시집을 위하여!

박일영·김수영   위하여!

박인환   이제 우리에게 필요한 건 마리뿐이야.

박일영   마리? 좋지. 몽마르뜨 시인들의 마음을 훔쳐 영감을 준 여인 잊혀진 여자 마리로랑생!

박인환   그래, 영감을 주는 만인의 연인, 마리로랑생. 그녀만 있어준다면,

김수영   이런 난봉꾼 같은 녀석들. 너희 카사노바가 되려는 거야?

박인환   마리로랑생의 시를 들어봐. (웅변처럼 시를 읊조린다) 버려진 여자보다 더 가여운 것은 떠도는 여자, 떠도는 여자보다 더 가여운 것은 죽은 여자, 죽은 여자보다 더 가여운 것은

잊혀진 여자.

박인환 · 김수영　(박일영을 따라 같은 구절을 읊조린다) 떠도는 여자보다 더 가여운 것은 죽은 여자, 죽은 여자보다 더 가여운 것은 잊혀진 여자!

셋은 얼싸안고 '잊혀진 여자!'를 함께 부르짖으며 웃는다.

박인환　자, 우리 마리를 위해 축배를 들자.

술을 따르고 막 건배를 하려는 찰나, 마리서사의 문이 빼꼼히 열리고 늘씬한 키에 미모의 여성인 이정숙이 들어온다.

박인환　오, 마리!

셋의 눈이 이정숙과 마주친다.

이정숙　책을 좀 사려고.

박인환 · 박일영 · 김수영　아, 예.

세 사람 미묘한 미소를 주고받으며 키득거린다.

박인환　무슨 책을 찾으시죠? 마리?

이정숙　예?… 왜 저를 마리라고 부르시죠?

박인환   글쎄요. 왜 그럴까요? 마리.

박인환, 짓궂은 미소를 짓는다. 무대 어두워진다.

4.

밝아지면, 시집을 들고 낭송하는 박인환

박인환 그러나 영원의 일요일이 내 가슴 속에 찾아든다.

그러할 때에는 사랑하던 사람과 시의 산책의 발을 옮겼던 교외의 원시림으로 간다. 풍토와 개성과 사고의 자유를 즐기던 시의 원시림으로.

아, 거기서 나를 괴롭히는 무수한 장미의 뜨거운 온도.

'새로운 도시와 시민들의 합창'은 수영과 내가 함께 낸 마지막 시집이었지.

우리는 모던을 찾아 씨를 뿌리고 잎을 피우고 있던 와중이었어.

이상, 당신은 끝내 보지 못했지.

해방과 함께 물밀 듯 밀어닥친 모던이라는 물결을.

허나 당신은 이미 훨씬 훨씬 더 먼저 앞서 그 길을 걸었지.

폐결핵을 앓고 있는 이상이 원고지에 글을 쓰다가 객혈을 한다.

박인환 피를 토해가면서도… 그토록 염원하던 그 무엇, 찾았습니까?

이상　나는 불현듯 겨드랑이가 가렵다.

　　　아하, 그것은 내 인공의 날개가 돋았던 자국이다.

　　　오늘은 없는 이 날개.

　　　머릿속에서는 희망과 야심이 말소된 페이지가 딕셔너리

　　　넘어가듯 번뜩였다.

박인환　희망과 야심이 말소된 페이지라니…

이상　날자. 날자. 한번 만 더 날자꾸나

　　　한번만 더 날아 보자꾸나.

　　　낯선 듯 이상을 바라보는 박인환

박인환　그래서 날았습니까? 그래서 찾았습니까?

이상　(박인환을 보며 춤사위를 해보이며 조금은 광기가 어리어) 날자.
　　　날자!

　　　한 번만 더 날자꾸나. 한번만 더 날아 보자꾸나. 하하하하하

　　　미친 듯이 춤을 추다가 콜록거리며 객혈을 하는 이상.

박인환　(물끄러미 그를 보며) 속도 없이 나는 당신이 부럽소. 토혈하
　　　는 폐결핵마저 부럽다니… 닿으면 데일 듯한 그 뜨거움이
　　　마냥 부럽소.

이상　(어이 없이 웃으며) 붙잡지 말고 놓아주라고. 나 따위는 잊어!
　　　어차피 박제가 된 천재일 뿐이야.

박인환   뭐라고 말했소?

이상   박제일 뿐이라고. 생이 빠져나가고 난 빈 자리에 남은 껍질일 뿐. 그러니 놔 줘. 그럼 가벼워지고. 그럼 날 수 있어.

박인환   그 어떤 죽음도 가벼워지지 않습니다.

이상   (웃으며) 허풍선이!… 아, 겨드랑이가 가려워.

박인환   …

이상   (날아오를 듯 춤사위를 추며) 날자. 날자! 한번만 더 날자꾸나. 날자!

이상의 모습 사라진다.

박인환   숱한 죽음을 보았어. 그 숱한 죽음 중에 어느 하나 가벼운 것이 없었어.
단 하나도. 세상이 바뀌었는데… 그건 내가 바라던 모던이 아니었어!

느닷없는 총성과 포성이 들려온다.
만삭의 이정숙이 짐보따리를 들고 나온다.

이정숙   뭐하십니까? 뭐 더 챙길 것이라도 있습니까? 이 밤이 지나면 원서동에도 대규모 폭격이 있을 것이라면서요?

박인환   정숙이.

이정숙   마리라는 말은 이제 안 나오는가 봅니다. 하긴 이런 배불

뚝이가 되어서는 감히 몽마르뜨의 마리로랑생이라니…
언감생심이지요?

박인환 (피식 웃음이 터진다) 당신은 정말…

이정숙 당신이 너무 무서운 얼굴을 하시니… 그렇지 않아도 무서운데… 그러니 농담이라도 해보는 것 아니에요?

총격소리 따다다다 들려온다.

이정숙 어서 가야지요.

박인환 그래야지. (방을 나서려다 문득 생각난 듯) 잠깐, 중요한 일이 한 가지 남았어. (책장에서 원고지 뭉치 대여섯 개를 꺼낸다.)

이정숙 무슨 일인데요?

박인환 동인들의 원고. 전쟁이 끝나면 시집을 내야지. 지금은 비록 생사를 장담할 수 없는 시기지만, 반드시 서울로 돌아와 시집을 낼 거야. 반드시!

이정숙 그걸 어디에 두려고요? 내일이면 폭격에 이 집도 사라질 텐데.

박인환 (생각을 더듬다가) 묻어야지.

이정숙 네?

박인환 마당에 나무 밑에 깊이 묻으면 괜찮을 거야. 아포롱이 지켜주겠지.

이정숙 아포롱이요? 그게 뭔데요?

박인환 (너털웃음을 웃으며) 서양인들의 신화 속에는 인간을 닮은 신

들이 사는데 그중에 제일 신이 아포롱이요. 아폴론! 문학
과 예술을 사랑한다는 신이지…

이정숙 그럼, 어서 하세요. (배를 감싸며) 이 녀석 성미가 급한 게 오
늘 내일 합니다. 언제 해산을 할지 몰라요. 낮부터 여러 번
배가 뭉쳤어요.

박인환 알았어요.

박인환, 원고 뭉치를 소중히 가슴에 품고 나간다.
정든 집안을 찬찬히 둘러보는 이정숙.

이정숙 (뱃속의 아기에게) 얘 아가, 듣고 있니? 니가 아들인지 딸인지
알 수 없지만, 이 전쟁 통에 정든 집에서도 쫓겨야 하는 것
이 안쓰러워. 태어나기만 하렴. 전쟁이고 뭐고 다 지나고 나
면 내가 너를 꼭 호강하게 해줄게. 열 손가락 열 발가락 온
전히 지니고 세상 나오기만 해라. 전쟁 통이라 자장가보다
총소리를 먼저 듣더라도 (울컥하여) 엄마가 꼭 지켜 줄게.

박인환 (문을 열고) 갑시다. 촌각이 여삼추요. 시간이 없어.

이정숙 (눈물을 훔치고 배를 뒤뚱이며) 예, 갑니다요. 암요.

빗발치는 총성 속으로 서로를 부축하며 나가는 박인환과 이정숙.
그들이 무대를 다 벗어나면 총성 속에서 아기 울음소리가 들린다.
어둠.

5

어둠 속에서 격렬한 총성과 포성 들린다. 전쟁의 영상이 펼쳐진다. 숱한 죽음들. 피난 행렬들 이어지는 영상 보이고, 군복을 입은 박인환이 책상 앞에 앉아 있다. 어깨에 완장, 종군작가단이란 글씨가 한자로 써 있다.

박인환 사람들이 살아 있는 최후의 거리에 내가 있어. 바닷가 무덤을 걸어 목적지로 향했지. 생의 목적지란 실은 죽음인가? 이 숱한 죽음들을 어떤 문장으로 기록해야하는지 나는 알 수 없어.

버지니아 울프가 인환을 바라본다.

울프 전쟁은 일어나서는 안 되는 일이지요. 어머니의 마음은 그래요. 하지만 들뜬 남자들은 전쟁의 신을 사랑하더군요. 죽음이 뭔지도 모르면서. 자신이 한 줄의 기록도 없이 소멸할 것도 모르면서 전쟁에 열광하는 존재들… 인간의 어리석음이란.

박인환 어리석다 비웃지 마. 어리석다고. 어차피 인간은 역사의 큰 줄기 속에서 모래알 같이 하찮은 존재일 뿐. 잔인한 것

31

은 신이야. 신이 있다면, 이 무참한 시대에 신이라는 존재가 있기는 하다면,

울프 전쟁을 일으키는 건 언제든지 인간. 죽음을 열광하는 것도 언제든지 인간.

신은 눈을 감았을 뿐입니다.

버지니아 울프 사라진다.

손에 포승줄이 묶이고 전쟁포로의 옷을 입은 김수영

김수영 서울을 벗어나지 못해 의용군으로 징집이 되어 끌려갔어. 일본 놈도 아니고 우리말을 쓰는 동족에게 총을 쏘아야 한다니. 이 거짓말 같은 진실이 내 손에 놓여 있더라고. 군복도 없이 의용군 노릇을 하다 깊은 산에 들어간 김에 도망을 쳤네. 죽을 각오로 뒤도 안돌아보고 뛰어 달아났는데… 이제 국군의 포로가 되어 갇혔네. 우습지 않은가? 내가 어느 때 누구의 편이었다고… 의용군 군복조차 제대로 입어 보지 못한 나를 전쟁포로라고 수용소에 가둬. 전쟁이란 정말 우스운 꼬락서니야.

박인환 수영이.

김수영 자네는 몰라. 자네는 알 수 없어. 너 같은 촌놈은… 너 같은 부르주아는… 너 같은 댄디보이는… 몰라. 죽음이 뭔지, 전쟁이 뭔지, 삶이 뭔지는 더더욱 몰라.

박인환 수영이. 나도 전쟁을 겪고 있어. 나도 숱한 죽음을 보고

있어.

김수영 스스로 죽음이 되어보라지. (자조스레 웃는다) 박인환이, 넌 절대 알 수 없어. 이 짐승만도 못한 전쟁포로의 신세를.

아기를 업은 다급한 정숙의 모습 보인다.

이정숙 세화가 또 열병이에요. 하지만 곧 낫겠죠. 기총과 포화가 쏟아지는 밤에도 무사히 세상에 나온 아이니까. 저는 오직 당신이 무사한지 그것만이 걱정이에요. 전선을 따라 다니며 기사를 쓴다니, 총알이 빗발치는 전쟁터에서 무슨 일이 생길지 아무도 모르니까요. 부디 우리 가족을 위해 살아 주세요! 어서 전쟁이 끝나고 이 피난살이에도 종지부를 찍는 날이 왔으면 좋겠습니다. 그래야 우리가족이 함께 모여 살며 세형이 세화, 호강을 시켜줄 수 있을 텐데요.

정숙의 모습 아련히 사라진다.

박인환 어제는 최전방에서, 바로 눈앞에서, 병사들의 죽음을 지켜보았소. 군복을 서로 나누어 입었을 뿐, 우리는 같은 말을 쓰는, 한 피를 나눈 조선 사람인데 서로에게 총부리를 겨눈다는 것이 못내 슬펐소… 한없이 슬펐소. 적이나 아군이나 그저 사춘기를 이제 막 지낸 청년의 모습인데… 정말로 죽음이 삶 곁에 이렇게 가까이 있다는 걸 실감하게 되었다오… 수영이는 거제도 포로수용소에 있다하고, 일영이는 생사의 소식조차 모르는데… 다들 흩어져 있더라도 살아만 있어주기를…, 마당에 묻은 동인들의 옥고가 주인 없는 유고가 되지 않아야 할 텐데… 내 걱정은 하지 마시오. 나는 비굴하게도 총이 아닌 펜을 들고 이 전쟁을 치르고 있으니. 총알이 빗발치는데도 나는 펜이나 들고… 기적이라는 말이나 떠올리고 있다오.

책상 앞에 고개를 숙인 박인환,
눈앞의 원고지를 구겨 움켜쥔다.

박인환　　참으로 시인이란 종자들의 삶이란…

솔베이지의 노래나 글루미선데이 같은 음악이 흐르며 무대 점점 밝아지면, 무대는 1956년 명동의 동방살롱으로 바뀌어 간다. 노래를 할 수 있는 자리가 왼편에 마련되어 있고, 홀에는 딱딱한 소파와 테이블이 몇 개 놓여 있다. 영화 포스터가 벽면을 장식하고 있고 남포불빛이 조명이 되어 준다. 모던하면서도 오래되고 낡은 느낌의 장소. 취기가 오른 김수영과 박일영이 박인환에게 다가와 앉는다.

김수영　　그래, 드디어 명동백작 박인환 선생께서 시집을 내시겠다고?

박인환 검은 준열의 시대, 제목이 참으로 참혹하지?

김수영 오, 검고 무서우리만치 매섭고 혹독한 시대라. 이건 도무지 자네답지가 않잖아. 오히려 너무나 칙칙해 김수영스럽지 않나? 자네에게도 세상이 검은 빛이던가? 자넨 늘 쾌청한 척 즐기는 사람 아닌가?

박일영 수영이, 왜 또 그러나?

김수영 배가 고파도 안고픈 척, 주머니에 한 푼이 없어도 대포집의 막소주가 아니라 조니워커를 마셔야하고, 마누라 갖다 줄 월급으로 고급 프란넬 스카프를 사야만 하는 것이 자네 아니던가?

사이.

박인환 헐벗은 시대라고 벗고 다녀야만 하는 것은 아니지. 고통스럽다고 그 고통에 대해서만 통절히 외쳐야 되는 건가? 그럴수록 희망에 대해, 세상의 아름다움에 말해야하는 것이 시인의 사명이야.

김수영 하, 하하하하! 그 고통이 진짜라면, 진짜 죽도록 아프다면? 노래가 안 나오겠지. 포탄을 맞아 죽어가는 병사가 희망을 노래할까? 세상이 아름답다고? 그건 위선이야.

사이.

박인환   수영이 자넨 전쟁을 겪고 너무나 비관적이 되어 버렸어.

김수영   변하지 않은 게 이상하지. 그 죽음을 보고 어떻게 변치 않을 수 있어?

박일영   자네만 본 것이 아니야. 나도 인환이도 수천수만의 사람이 겪고 보았던 전쟁이야.

사이.

김수영   흥, 니들이 그 거제도 수용소를 알아? 서울 시민인 내가, 하루아침에 의용군이 되었다가 전쟁포로가 되었다고. 조국이 가만히 있는 나를 전쟁포로로 만들었어. 새로운 도시와 시민들의 합창? 웃기고 있네. 난 시민이 아니었어. 포로였다고. 전쟁포로!

박인환   자네 말대로 전쟁 중이었잖아. 누구라도 만날 수 있는 운명이었어. 누구라도 포로가 될 수 있는 운명이었어.

김수영   아니, 아니야!… 넌, 넌 아니었잖아. 박인환. 태생부터 가난하지 않았던 너는 이런 일을 당할 리 없어. 누구에게나 같은 전쟁이 아니었다고.

박인환   …

박일영   그만 해. 인환이도 힘들었어. 우리들 다 이 전쟁에서 살아남기 위해, 서울로 돌아오기 위해 죽음의 강을 건넜어.

김수영   종군작가단? 기자? 난 체하는 녀석들일 뿐. 너희들이 전쟁을 겪긴 뭘 겪어? 난 전쟁포로였다고.

박인환　(화가 나서) 그래서 뭐? 니가 전쟁포로였다고 내가 전쟁을 안 겪었단 말이야? 내가 죽음을 모른다는 말이야?

김수영　모르지 그럼. 넌 몰라! (화가 나서) 난,… 살려고 닭똥 냄새 나는 양계장으로 숨어들었어. 그래 살아야 하니까. 닭이라 도 치고, 달걀이라도 팔아야 내 입에, 내 자식들의 입에 풀 칠이라도 하니까. 내가 시인인지, 양계장 인부인지 구분할 수가 없어. 이 김수영이가 닭을 친다. 그게 현실이야. 전후 의 이 폐허 같은 현실.

긴 사이.

박일영　그러니 검은 준열의 시대라 하지 않아?

김수영　거짓말. 위선자야. 자네, 자신을 속이지 말게.

박인환　뭐라고? 이 자식이!

김수영　내가 아는 박인환은 세상을 그렇게 보지 않아. 뭔가 희 망이 있다고, 뭔가 좋은 일이 있다고 거짓부렁을 늘어놓 고, 곧 죽어도 양주를 마시고 클래식을 들으며 몽마르뜨 의 시인들처럼 모던을 외쳐야만 직성이 풀리는… 그게 박 인환이야.

사이.

박일영　그게 뭐 어때서? 어차피 이 시대는 얄팍한 가면이라도 쓰고 다녀야 해. 그래야 견딜 수 있어.

김수영 옳소! 그래 가면을 썼지. 우린 모두 다 가면을 쓴 희극배우일 뿐이야!

박인환 가면? 가면? 이 시인의 낯짝이 니 눈엔 가면이란 말이지?

김수영 그래 가면! 가면이야!… 박인환이 자네는 모더니스트 가면, 박일영이 자넨 살바아도르 달리 같은 초현실주의 작가 가면, 푸하하하. 난 무얼 뒤집어 쓸까? 아하, 그래 양계장 인부 가면 그게 제격이야.

사이.

박인환 그만하지. 자기비하도 지나치면 추태야.

김수영이 박인환에게 달려든다.

김수영 뭐라고 이 자식아. 추태? 니가 진짜 추태 맛 좀 볼래? 이상 꽁지도 못 쫓아가는 게 모더니스트 흉내가 그 프란넬 셔츠에서 나오니? 모던이 조니워커 술병에 담겨있어?

사이.

박일영 (김수영을 뜯어말리며) 어허 이 사람, 취했네. 그만 하지 수영이.

김수영	(일영에게 밀쳐져 주저앉아서는) 니가 뭘 알아? 니들이 뭘 알아? 박인환이 니가 검은 준열의 시대를 뭘 알아?
박일영	어허 나 참.
박인환	놔두게. 비가 오면 관절염이 도지는 것처럼, 수영의 상처도 비를 맞아 그런 거니. 우리에게 안 풀면 누구에게 가서 풀겠나?

중얼 거리다가 금세 졸고 있는 김수영.

박일영	그래, 아메리카 여행은 어땠나? 그토록 원하던 모던은 찾았나?

박인환, 말없이 시무룩해진다.

박일영	태평양은 지루할 정도로 넓다지?
박인환	그렇더군.
박일영	그래 아메리카는 어떻던가? 기대하던 바대로 모던이 춤을 추는 도시인가? (흥분하여) 여기 명동에서도 아메리카에 가 본 사람은 손에 꼽을 걸. 털어 놔 봐. 대체 모던은 무슨 색인가? (추궁하듯) 인환이!

사이.

박인환 아메리카는, 아메리카는, (사이) 지루한 회색이더군. (긴 사이) 아메리카는 전체가 다 공사 중이야. 모던은 실종, 아니 그 자체가 모던인지도 모르지. 낡은 것을 깨부수고 회색의 벽돌을 올려 쌓아 지우는 거. 모던은 침략이야. 모던은 전쟁만큼이나 무참해!

박일영 아, 그러한가?

박인환 그곳은 역사가 없어. 원주민들을 다 몰아내고 서로 싸우고 부수는 것이 전부, 그리곤 건물을 짓지. 역사가 없는 곳이니 인간도 없고, 시도 없고. 죄다 회색.

박일영 자네 마음이 회색빛이었나 보군.

박인환 그런가… 그러한 것 같기도 하고.

수영이, 혼잣말로 중얼거린다.

김수영 (취중에 중얼거림) 진실을 말해야 돼. 진실을.

수영을 돌아보는 박인환과 박일영.

박일영 아메리카가 회색이라니? 실망이 크구만.

박인환 어디나 인간은 소모품일 뿐이야.

박일영 자네도 수영이를 닮아가나? 너무 비관적이야.

박인환 아니, 아니야. 세상이 회색이든 검은 색이든 우리는 정신의 섭렵을 계속 해야지. 우리는 아니, 나는 시인이라는 소모품이니까.

박일영　그렇다면 나는 화가라는 소모품.

둘은 씁쓸히 웃으며 술잔을 기울인다.

웃음 뒤 슬픔이 묻어난다.

불현듯 술이 깨어 일영을 쳐다보는 수영.

김수영　박일영이, 이 환쟁이! 자네 나를 좀 그려줘. 초현실주의 화
풍으로 날 좀 그려줘.

박일영　(갑작스러워 당황하여 웃으며) 하, 하하하하! 무슨 소리야? 너
를 그리라니? 거기다 초현실주의 화풍으로 초상화를?

김수영　왜? 거절인가?

박일영　아닐세. 아닐세. 그려주지. 까짓거. 크크크크 헌데 그것 참
괴기롭겠군. 초현실주의 화풍으로 김수영을 그린다니…

박인환　수영이는 못 당한다니까.

김수영　그럼, 못 당하지. 내가 너 같은 가면 따위에 당할까봐? 모
던? 자유? 다 허위야. 다 가면! 현실은 죽음인데… 너희는
모두 눈 뜬 장님이라고.

박인환　수영이 자네 정말 너무 심해.

김수영　난 너를 경멸한다. 박인환. (박인환을 뚫어져라 보며 마침내 웃으
며) 한 잔의 술을 마시고 우리는 버지니아 울프의 생애와
목마를 타고 떠난 숙녀의 옷자락을 이야기한다. 목마는
주인을 버리고 거저 방울 소리만 울리며 거저 방울 소리

만 울리며 가을 속으로 떠났다.

박인환　… 그래 마음껏 비웃어라. 가난이 니 특권이면 마음껏 비웃어!

김수영　목마와 숙녀, 이 시에 고스란히 배어있는 허무와 염세가 바로 증거야. 자네도 알고 있어. 이 비참한 현실에서 우리가 맡을 수 있는 냄새는 허무뿐이란 걸. 전란이 결국 박인환이도 바꾸어 놓은 거라고. 너도 절망했어. 아주 깊은 바닥까지.

긴 사이.

박인환　아니, 나는 아직도 파우스트의 이 말을 좋아하지. '나는 아직도 이 세상을 사랑합니다. 이 산을 넘으면 또 어떤 희망이라는 환각이 있을지 모르기 때문입니다.'

김수영, 허허로이 웃으며, 술집 문을 박차고 나간다.
박인환은 쓰게 술을 들이켠다.
박일영이 자기 잔에도 술을 따라 홀로 마신다.

박인환　우격다짐으로 수영을 달래는 놓았으나 그 시절 동방살롱의 누구도 허무와 염세의 향기까지는 지울 수 없었지. 서울의 봄은 왔으나 쉽게 피어나지 못했어. 가슴으로 울고 웃어야 하는 시인들의 속내에 남아 있는 것은 텅 빈 공허 그 뿐이었으니까.

술잔 앞에 기울어지는 박일영의 몸.
자리에서 물러나 축음기를 트는 박인환.
애수에 찬 노래들이 잔잔히 흐르는데 의자 깊숙이 몸을 숙여 앉
아 노트에 펜으로 무언가를 끄적이는 박인환.
박인환의 시 '목마와 숙녀'가 읊어지며 조금씩 무대 어두워진다.

목마와 숙녀

한 잔의 술을 마시고
우리는 버지니아 울프의 생애와
목마를 타고 떠난 숙녀의 옷자락을 이야기 한다
목마는 주인을 버리고 거저 방울소리만 울리며
가을 속으로 떠났다 술병에서 별이 떨어진다
상심한 별은 내 가슴에 가볍게 부서진다
그러한 잠시 내가 알던 소녀는
정원의 초목 옆에서 자라고
문학이 죽고 인생이 죽고
사랑의 진리마저 愛憎의 그림자를 버릴 때
목마를 탄 사랑의 사람은 보이지 않는다
세월은 가고 오는 것
한때는 고립을 피하여 시들어가고

이제 우리는 작별하여야 한다
술병이 바람에 쓰러지는 소리를 들으며
늙은 여류작가의 눈을 바라다보아야 한다
… 등대…
불이 보이지 않아도
거저 간직한 페시미즘의 미래를 위하여
우리는 처량한 목마소리를 기억 하여야 한다
모든 것이 떠나든 죽든
그저 가슴에 남은 희미한 의식을 붙잡고
우리는 버지니아 울프의 서러운 이야기를 들어야 한다
두 개의 바위틈을 지나 청춘을 찾은 뱀과 같이
눈을 뜨고 한 잔의 술을 마셔야 한다.
인생은 외롭지도 않고
그저 낡은 잡지의 표지처럼 통속하거늘
한탄할 그 무엇이 무서워서 우리는 떠나는 것일까
木馬는 하늘에 있고
방울소리는 귓전에 철렁거리는데
가을 바람소리는 내 쓰러진 술병 속에서 목메어 우는데

시가 들리는 사이, 무대 의자에 와 앉는 버지니아 울프.

6.

흐트러짐 없이 '목마와 숙녀'라는 시 속에 나오는 버지니아 울프처럼 의자에 앉아 있는 버지니아 울프. 고개를 약간 숙여 손에 든 책을 보고 있다.

박인환 목마는 하늘에 있고, 방울소리는 귓전에 철렁거리는데…,

울프 …

박인환 가을바람 소리는 내 쓰러진 술병 속에서 목메어 우는데…

울프 …

박인환 왜 그래야만 했나요?

울프 …

박인환 왜 꼭 강물에… 왜 꼭 자신을 떨어뜨려야만 했는지…

울프 (책에서 고개를 들고) 난 불행하지 않아요. 한때는 불행하기도 했었죠. 많이 아프기도 했고, 마음이 병들기도 했고, 하지만 당신이 있어서 한 생이 불행으로 끝나지 않았어요.

박인환 그런데도 왜 자살을 택했나요? 왜?

울프 이 글은 내가 죽은 뒤 말 많은 사람들이 당신을 비난하지 않기를 바라며 써요. 사랑하는 나의 남편 울프, 당신을 만나 아내로 살 수 있어서 항상 고마웠어요. 난 불행하지 않았고 다만 끝내려는 것뿐이에요. 생의 마지막 순간을 내

가 알고 가고 싶을 뿐이에요… 그러니 나 때문에 당신이
비난받아서는 안 돼요.

박인환   자살은 잘못입니다.

울프   천재에게는 허락되는 일탈이죠. 당신도 그렇게 생각하잖아.

박인환   …

울프   당신도 늘 가슴 속에 품고 다니는 생각이잖아. 주머니 속
에 든 사탕처럼 늘 죽음을 들고 다니면서.

박인환   (당황하여) 아니,… 아니오. 아닙니다.

울프   인생은 소모품. 다 썼으니 껍데기를, 가면을 벗으려는 것
뿐입니다. 진실해야 돼요.

박인환   그래서? 그래서 가면을 어떻게 벗는다는 거지?

울프   그래서 털어놓았지요. 어머니의 죽음과 내 정신병력, 내게
몹쓸 짓을 한 의붓오빠들. 그로 인해 한 번도 남편이 여자
로서 나를 안는 걸 거부했던 지독한 아내였음을. 이제 난
자유로워요. 다 털어 놓았으니까. 진실을 말했으니까. 목
마를 타고 떠나요. 저 하늘로.

울프, 책을 덮고 일어나 무대 밖으로 점점 멀어져 간다.

박인환   진실? 진실이라고?… 무슨 진실?

화가 나서 연거푸 술을 따라 들이킨다.

박인환　고백하라는 건가? 만천하에 알리라고? 나는 모더니즘에 실패했다. 나는 실패한 모더니스트다? (자조적인 웃음) 고백을 하라고?

술을 연거푸 마시다 펜을 잡고 아무 종이에나 끄적인다.

박인환　옛날의 사람들에게.
당신들은 살아 있었을 때 불행하였고
당신들은 살아 있었을 때 즐거운 말이 없었고
당신들은 살아 있었을 때 사랑해주던 사람이 없었습니다.

나라가 해방이 되고
하늘에 자유의 깃발이 퍼덕거릴 때
당신들은
오랜 고난과 압박의 병균에
몸을 좀 먹혀
진실한 이야기도
사랑의 노래도 잊어버리고
옛날의 사람이 되었습니다.

쓰던 글을 멈추고 멍하니 생각에 잠긴다.

박인환　옛날의 사람, 버지니아 울프 그리고 이상. 김해경. 나도 곧 옛날의 사람이 되리라. 옛날의 사람이.

멍하니 책상에 앉은 채 굳은 듯 앉아 있는 박인환.
멀리서 어머니의 목소리가 들려온다.

어머니 인환아! 인환아! (환청인 듯한 소리가 점점 현실감을 입어 간다)
 인환아! 인환아!

박인환 (기억을 더듬듯 아련하게) 어머니?… 어머니!

어머니 찬찬히 와라. 찬찬히.

박인환 (어릴 적 늘 들었던 어머니의 말에 대꾸하듯) 뭐 하러 이리 먼 길
 을 나왔어요? 다리도 성치 않으면서.

어머니 우리 귀한 장남 누가 업어 갈까나 싶어 마중 나왔지.

박인환 어머니도 참. 혼자 얼마든지 집에 가겠구만.

어머니 누가 길 모를까봐 나오니? 우리 귀한 아들 어서 보고 싶
 어서 한달음에 왔지. 인환아. 니가 우리 집안 기둥인 거 알
 지? 아버지가 그렇지 않아도 너 서울로 전학을 보내겠다
 고 하시더라. 좋기야 산 좋고 물 좋고 강원도 인제가 더 좋
 지만 말은 나면 제주로 보내고 사람은 나면 서울로 보내
 라고 하지 않니? 아버지가 네게 기대가 크시단다.

기억에 빠져 어머니를 떠올리며.

박인환 어머니 내 등에 함 업혀볼래요?

어머니   일 없다. 아직은 괜찮아. 내 두 다리 다 못 쓰거든, 우리 인환
이 장정 되거든, 그때나 업혀 볼 일이지. 그 전에는 괜찮다.

박인환   … (기억에 빠져) 울 어머니, 업어 보지도 못했는데…

사이.

어머니   우리 인환이는 커서 뭐가 될래? 아버지처럼 관리가 될래?
농군이 될래?… 왜 답이 없지?… 그래 안다. 우리 장남 마음
내가 어찌 모르겠나? 가슴에서 노래가 넘치는데 불러야지.
니가 가수가 되든 시인이 되든 엄니는 그저 니 편이라.

어머니의 모습 사라진다.

박인환   어머니… 절름발이 내 어머니. 어머니, 울 엄니.

절름발이 내 어머니는
삭풍에 쓰러진 고목 옆에서
나를 불렀다.
얼마 지나 부서진 추억을 안고
염소처럼 나는
울었다.
〈전원〉 中에서

울컥 눈물이 솟는 박인환. 한 손으로 눈물을 훔치며,

박인환   어머니⋯ 어머니.

훌쩍이던 박인환, 갑작스레 가슴을 움켜쥐며 신음한다. 그에게 좁
혀드는 빛.

박인환   아, 흉통이! 가슴이⋯ 생명수를. 내게 생명수를 다오.

어느 주점에서 들리는 듯한 희미한 음악 소리.

박인환   아, 이상. 그래. 이상의 추모문학제. 3월 17일인데. 3월
17일.

혼절하듯 쓰러져 누워 버리는 박인환.
어둠.

7.

밝아지면, 소박한 테이블 앞에서 문우들 앞에 비틀거리며 선 박
인환, 담담히 이상의 추모시를 읽는다.

박인환 귀재 이상은 1937년 3월 17일 3시 25분, 일본 동경에서
'레몬 향기가 맡고 싶소.'라는 유언만을 남기고 스물일곱
의 짧은 일기로 죽어갔습니다. 그를 기리며 시를 하나 읊
겠습니다.

'죽은 아포롱에게'

당신은 나에게
환상과 흥분과
열병과 착각을 알려주고
그 빈사의 구렁텅이에서
우리 문학에
따뜻한 손을 빌려준
정신의 황제

이상은 이상한 시를 쓰는 시인이었습니다. 초현실주의, 다

이이즘의 방법을 섭렵하고 새로운 시를 도입한 우리들 중에 가장 앞선 모더니스트였습니다.

피폐하고 창백한 이상이 군중 속에 섞여 박인환을 바라본다.

박인환 무한한 수면
반역과 영광
임종의 눈물을 흘리며 결코
당신은 하나의 증명을 감고 있었다.
'이상'이라고.

이상 금홍아! 금홍아. 금홍이를 불러 줘. 금홍아… 시인은 가엾은 존재, 날개가 있어야 해. 날개!… 레몬, 향기가 맡고 싶소. 레몬… 향기가.

박인환 (이상을 보며 눈시울이 붉어져) 첫째 잔은 이상을 위하여, 둘째 잔은 이상의 애인 금홍이를 위하여, 그리고 셋째 잔은 명동의 고독과 상송의 앞날을 위해 건배합시다.

쓸쓸한 음악이 흐르고 주거니 받거니 흥청이는 술자리가 이어진다. 그들은 이상의 기일을 핑계 삼아 쓴 술을 물처럼 먹고, 취하기 위해 취하고 비틀대기 위해 술을 마신다. 테이블에 기대 고개를 숙이는 박인환.

박일영, 박인환을 흔들어 깨운다.

박일영   인환이, 어허 이 사람. 빈속에 낮부터 술만 그리 부어 대더니. 연일 이러다 큰일나네. 이제 그만 집에 들어가야지. 일어나게 어서!

박인환   (문득 고개를 들며) 날개! 이상은 과연 귀재야. 그의 죽음은 또 어떻고? 그 죽음은 이상을 완결시켜 버렸지.

박일영   이런 멍청이! 이상 숭배자 같은 놈!

박인환   아니, 나는 모더니즘의 숭배자야. 망할 모더니즘을 숭배한다! 모더니즘의 완성은 죽음인데… 난… 난… 이상보다 4년이나 더 살고 있으면서… 우리의 모더니즘은… (술잔을 들이키며) 실… 실패.

박일영   그래. 오늘 그런 날이야. 우리들의 우상, 참 모더니스트 이상을 추모하려고 낮부터 우리는 술을 푸고 있단 말이지.

문을 거칠게 확 열고 김수영이 들어온다.
닭똥내를 풍기는 인부의 옷차림을 하고 밀짚모자를 썼다.
취했고, 또 화가 나 있다.

김수영   일어나. 일어나 이 가면을 쓴 모더니스트야. 니 시 좀 보자. 박인환이의 시를 좀 보자. 시집을 냈다며. 검은 준열의 시대!

박인환   (마구 웃는다) 그거 아니야. 그거 아니라니까.

박일영 (수영을 핀잔하며) 이런 눈치 없는 인사 같으니… 알고서 묻는 거야? 모르고서 묻는 거야?

김수영 인환이가 시집 낸다고 했잖아. 박인환의 두 번째 시집. 검은 준열의 시대!

박인환, 몸을 겨울 일으켜 김수영을 본다.

김수영 시를 좀 보자니까! 니가 진정 모더니스트인지 아닌지, 니 가면 좀 보자.

김수영이 박인환의 멱살을 잡는다.

박인환 아우, 이 닭똥 냄새! 닭치다 왔어? 양계장 김수영이!

박인환을 내동댕이치는 김수영.

김수영 그래, 나는 닭을 친다. 그러는 너는 오늘 이상을 팔아 무엇을 얻었니? (경멸스레 웃으며 박인환의 멱살을 잡는다) 시집을 내 봐. 니 그 거지같은 시들을 평해 준다잖아. 명동백작 박인환이!

박인환 (수영에게 멱살을 잡힌 채로 웃으며) 다 탔어! 타버렸어!

김수영 뭐?

박인환 불탔어! 재가 됐지. 모더니즘이 온통 회색빛 재가 됐어.

아, 날개. 날개도 없는 것들이 눈에 뵈지도 않는 날개를 달
고 훨훨 날아갔어.

박일영   운도 없지. 하필 출판사에 불이라니…

박인환   아니, 동정하지 마. 난 괜찮아. 그것들은 애초에 불이 되려
고, 재가 되려고 했던 글들이야. 타 없어져도 싸지. 이 세
상의 무거움을 하나도 담지 못한 시, 어쩌면 시도 아닌지
몰라.

김수영   왜?… 왜? 그게 왜 불에 타?

박인환   (강한 어조로) 원래부터 재였다니까! 회색빛 재! 그래서 불
탔어. 다 타버렸어.

김수영   왜?… 시가 왜 타냐? 왜?

사이.

박일영   뜨거우니까. 박인환이 시가 뜨거워서 탄 거지.

김수영   시가… 시가 뜨겁다고?

김수영, 비틀거리며 문을 박차고 나간다.

김수영   시가 타나니?… 시가 왜?… 시가…

박인환이 겨우 의자에 자신을 추슬러 앉는다.

박일영   들어가. 나는 수영이 데려다 주고 갈 테니.

박인환   그래. 그러지.

박일영이 나간다.

박인환이 창밖을 보며 멍하니 앉아 있는다.

박인환   (마치 이상을 보듯) 날자. 날자. 날아 보자꾸나. 한번 날아 보
자꾸나. 오늘이 이상 김해경의 기일이라니… 기일. 인생은
소모품. 하하. 하지만 우리는 끝까지 정신을 섭렵해야지.

멍하니 먼 곳을 바라본다.

8.

어딘가에서 희미한 음악 소리 들린다. (세월이 가면 노래가 살짝 담긴 듯한 노래가 들릴 듯 말 듯 들린다.) 박인환, 생각난 듯 펜과 노트를 꺼내들고 뭔가 끄적이기 시작한다.

박인환 (끄적이며) 끝까지 정신을 섭렵해야지. 아무렴. (읊조리듯) 사랑은 가고 옛날은 남는 것. 지금 그 사람 이름은 잊었지만 그 눈동자 입술은 내 가슴에 있네

명동 거리의 한 선술집. 박인환과 극작가 이진섭과 성악가 나애심이 동그란 테이블에 모여 앉아 있다.

이진섭 이상의 추모문학회라고 연일 술을 마셨다며? 소문이 파다하네. 자네 좋아하는 조니워커도 없는데… 술맛이 나나? 우리 애심이 같은 성악가가 있는 것도 아니고.

나애심 아이, 선생님은 참. 벌써 취하신 겁니까?

이진섭 취하다니? 취하기야 박인환이가 취했지. 더 마실 수 있겠나?

박인환 그럼. 술맛이야 이상의 시와 소설이면 충분하지.

이진섭 이상, 그래. 그라면 기꺼이 추모할만한 위인이지.

박인환	진정한 모더니스트. 아니 유일한 모더니스트야.
이진섭	유일하다니, 여기 박인환이가 있는데, 하하 안 그런가?
나애심	아, 그러네요. 명동백작님이 바로 모더니스트죠.
박인환	(침울한 표정으로 씁쓸히 웃으며) 아니, 난 실패한 모더니스트야. 죽어본 다음에야 알겠지. 모던이 무엇인지, 박인환이에게 모던이 무엇이었는지…
이진섭	모던? 뭐 그렇게 거창한가? 그거 별거 아니야. 내가 사는 이 순간 순간이 바로 모던이야.
박인환	허, 그렇지. 허. 그래 맞아. 모던이든 모던이 아니든 그게 무슨 상관인가? 내 가슴을 울리는 노래를 시로든 소설로든 써내려 가면 그만이지.
이진섭	내 놔!
박인환	뭘?
이진섭	내가 다 봤어.
나애심	그럼요. 저도 다 봤습니다.
박인환	아니, 뭘?
이진섭	자네 시! 아까 내내 끄적이지 않았나? 얼마나 모던한 시인지 좀 보세.
나애심	봅시다. 좀!
박인환	하, 생떼하고는. 알았네.

박인환이 수첩을 꺼내 보인다.

이진섭　오호라, 이것이 바로 박인환이의 모던이고만.

이진섭, 박인환의 수첩을 낚아채듯 들고서 읽기 시작한다.

이진섭　세월이 가면, 지금 그 사람 이름은 잊었지만 그 눈동자 입술은 내 가슴에 있네. (시에 흠뻑 빠져들어 끝까지 눈을 떼지 못한다. 시의 감흥에 흥분한 채로) 노래로군. 이거 시이기 이전에 노래야. 내 이 시에 곡을 붙여야겠어. 펜 좀 쥐보게. (즉흥으로 시에 곡을 붙인다) 들어봐. (노래하듯 곡조를 붙인 시구를 노래로 부른다) 바람이 불고 비가 올 때도 난 저 유리창 밖 가로등 그늘의 밤을 잊지 못하지 사랑은 가도 옛날은 남는 것…

박인환　노래가 좋군. (긴 사이) 좋아!

이진섭　좋지? 그래 바로 이거야. 이게 박인환이의 시요, 노래, 힘이지.

박인환　(밝아진 얼굴로) 아주머니 여기 막걸리 한 주전자요!

이진섭　이제야 박인환이 같구먼. 하하하. 자 애심이, 곡은 내가 붙였으니 자네가 한 곡조 뽑아 주게. 마침 이 자리의 유일한 가수이시니.

나애심　아이, 이러면 정말 쑥스러운데.

박인환　저만 하겠습니까? 이 어설픈 시에 노래라니… 몸둘 바를 모르겠어요.

이진섭　애심이, 속 좀 그만 태우고. 자네가 꼭 불러줘야겠어. 박인환 작시, 이진섭 작곡, 노래는 나애심.

나애심　(종이를 진지하게 훑어보고 입 안으로 흥얼거려보고) 아, 큰일이네. 서툰 솜씨인데…

이진섭　명동의 엘레지가 될 곡일세. 어서 불러 보게나. (술집안의 좌중을 향해) 여러분, 이제부터 이 친구가 노래를 할 테니 주목해주시오. 성악가 나애심의 노래입니다. 명동의 엘레지가 될 곡 박인환 작시의 '세월이 가면' 자, 박수!

나애심　(목을 가다듬고 노래를 한다)

지금 그 사람 이름은 잊었지만
그 눈동자 입술은 내 가슴에 있네
바람이 불고 비가 올 때도
난 저 유리창 밖 가로등 그늘의
밤을 잊지 못하지

사랑은 가도 옛날은 남는 것
여름날의 호숫가 가을의 공원
그 벤치 위에 나뭇잎은 떨어지고
나뭇잎은 흙이 되고 나뭇잎에 덮여서
우리들 사랑이 사라진다 해도
내 서늘한 가슴에 있네

노래가 끝나자 좌중의 환호와 박수소리, 누구보다 좋아하는 박인환과 이진섭이다.

이진섭　그래 예술은 이렇게 나오는 것이야. 우리들 인생이 그러한 것처럼 우연으로 빚어진 것이 예술이라네. 하하하 이게 바로 모더니즘이지. 새롭지 않은가?

박인환　자네 말이 맞네. 우리 같이 축배를 드세! 모더니즘을 위해!

이진섭　그래. 박인환이의 새로운 시 '세월이 가면'을 위해!

박인환　명 작곡가 이진섭과 명 가수 나애심을 위해서! 부라보!

박인환·이진섭　브라보!

나애심이 정성껏 노래를 부르면 연신 어깨동무를 한 두 사람, 박인환과 이진섭은 연신 브라보를 외치고, 노래를 흥얼거리며 술을 마신다. 나애심의 노래는 더 그윽하며 깊은 소리를 낸다. 기뻐하며 환희에 찬 그들의 모습 한편으로 박인환의 얼굴에는 촉촉한 슬픔의 빛이 묻어난다.

박인환　나, 오늘 너무 기분이 좋네. 내 생애 이렇게 기분 좋은 밤은 처음이야! 그리고 앞으로도 이렇게 좋은 밤은 없을 것 같네. ㅎㅎㅎㅎ

이진섭　무슨 소리, 길고 긴 인생길에 왜 더 좋은 일이 없어?

박인환　이상을 생각해 봐. 난 너무 오래 살았어.

나애심　쳇, 그런 말씀 마세요. 백년을 살아도 하루 더 살고 싶은 것이 인간입니다.

이진섭　그래. 농담 말게. 인생은 그렇게 쉽게 끊을 수도 끊어질 수도 없는 것이야.

박인환　그럴까? 이 천박한 시인으로 더 살아야 하는 것일까?

사이.

나애심　(노래로 인환을 위로하듯) 사랑은 가도 옛날은 남는 것,

이진섭　사랑은 가도 옛날은 남는 것,

박인환　사랑은 가도 옛날은 남는 것,…

나애심　여름날의 호숫가 가을의 공원

그 벤치 위에 나뭇잎은 떨어지고

나뭇잎은 흙이 되고 나뭇잎에 덮여서

우리들 사랑이 사라진다 해도

내 서늘한 가슴에 있네

사이.

박인환　생명수. 그래 생명수. 이것이었어. 그래 이것이 생명수였어. (기쁨의 웃음을 웃으며) 이것이, 노래가 되는 이 시가 내게는 생명수였어. 생명수.

나애심의 노래가 더 또렷이 들린다.

나애심　사랑은 가도 옛날은 남는 법

지금 그 사람 이름은 잊었지만 그 눈동자 입술은 내 가슴
에 있네
바람이 불고 비가 올 때도
난 저 유리창 밖 가로등 그늘의 밤을 잊지 못하지

박인환   사랑은 가도 옛날은 남는 것.

흐뭇한 시선으로 박인환을 바라보는 버지니아 울프
'날자, 날자꾸나' 춤사위를 해보이며 모든 시름과 걱정을 떨어낸
듯 보이는 이상. 그들을 향해 환히 웃어 보이는 박인환.
음악 흐르고 무대 어두워진다.
밝아지면 낡은 책상에 올려진 원고지와 시인의 오래된 만년필 펜촉.
슬프고 아름다운 노래의 선율 흐르듯 머물다 사라진다.

에필로그

낡은 책상 위에 올려진 원고지와 펜촉. 따뜻한 빛 속에 외로이 빛나면 상복을 입은 이정숙의 모습 망연자실하게 보이고, 박일영 국화꽃을 들고 들어와 책상 위에 놓는다. 작곡가 이진섭 들어와 책상 위에 악보를 놓고 묵념한다. 나애심이 들어와 책상에 조니워커를 한 병 올려두고 나간다. 다른 공간에 있는 김수영 술에 취해 눈시울이 붉어져서는 화를 토하듯 중얼거린다.

김수영 박인환, 이 허풍선이 같은 놈. 누구는 너의 죽음을 천재의 요절입네 떠들지만… 내겐 안 통한다. 이 촌놈! 이 시심이라곤 미천한 천박한 댄디스트. 센티멘탈리스트에 버지니아 울프에 마리로랑생이나 흠모하는… 니가 무슨 천재시인이야?… 천재시인은… 그러니 나는 너를, 니 마지막을 보러도 갈 수도 없다. 이런 망할. 니가 요절을 했다고 누가 천재시인이래?… 이런 망할… (눈물이 글썽하여) 그런데 이 우라질 눈물은 다 뭐며, 나는 왜 또 경멸해 마지않는 니가 이렇게 그리운 것이냐?
왜 박인환이의 가면이, 그 천박한 아포롱이 사무치게 그립단 말이냐? 왜?

홀로 술잔을 기울이며 꺼이꺼이 우는 김수영.

'세월이 가면' 노래의 곡조만 처량히 흐르다 사라진다.

어둠.

– 끝.

한국 희곡 명작선 105

목마, 숙녀 그리고 아포롱

초판 1쇄 인쇄일   2022년 11월 1일
초판 1쇄 발행일   2022년 11월 7일

지 은 이   김민정
만 든 이   이정옥
만 든 곳   평민사
　　　　　 서울시 은평구 수색로 340 〈202호〉
　　　　　 전화 : 02) 375-8571 / 팩스 : 02) 375-8573
　　　　　 http://blog.naver.com/pyung1976
　　　　　 이메일   pyung1976@naver.com
등록번호   25100-2015-000102호
ISBN   978-89-7115-045-0 04800
　　　　　 978-89-7115-663-6 (set)
정　　가   7,000원

이 책은 사단법인 한국극작가협회가 한국문화예술위원회의 2022년 제5회 극작엑스포
지원금을 받아 출간하였습니다.